I Geraldine, Joe, Naomi,
Eddie, Laura ac Isaac
M.R.

I Amelia
H.O.

Cyhoeddwyd gyntaf yn Saesneg yn 1989, a'r gyfrol hon yn
2009 gan Walker Books Ltd, 87 Vauxhall Walk, Llundain
SE11 5HJ dan y teitl *We're Going on a Bear Hunt.*
Cyhoeddwyd yn Gymraeg yn 2015 gan Wasg y Dref Wen Cyf.
28 Heol yr Eglwys, Yr Eglwys Newydd, Caerdydd CF14 2EA.
Testun © Michael Rosen 1989, 2009
Lluniau © Helen Oxenbury1989
Y cyhoeddiad Cymraeg © 2015 Dref Wen Cyf.

Cyhoeddwyd gyda chymorth ariannol
Cyngor Llyfrau Cymru.
Argraffwyd yn China.

'Dyn ni yn mynd i hela arth

Dehongliad
Michael Rosen

Darluniau gan
Helen Oxenbury

Addasiad
Gwynne Williams
DREF WEN

'Dyn ni yn mynd i hela arth.

'Dyn ni yn mynd i ddal un cry.

'Dyn ni ddim yn ofnus –

Dim o gwbwl! 'Dyn ni yn hy.

A-ha! Gwair!

Gwair tonnog tew.

Allwn ni ddim mynd drosto.

Allwn ni ddim mynd dano.

O na!

Rhaid i ni fynd trwyddo!

Swishi swashi!
Swishi swashi!
Swishi swashi!

'Dyn ni yn mynd i hela arth.

'Dyn ni yn mynd i ddal un cry.

'Dyn ni ddim yn ofnus –

Dim o gwbwl! 'Dyn ni yn hy.

A-ha! Afon!

Afon lydan, oer.

Allwn ni ddim mynd drosti.

Allwn ni ddim mynd dani.

O na!

Rhaid i ni fynd trwyddi!

Splash Splosh!
Splash Splosh!
Splash Splosh!

'Dyn ni yn mynd i hela arth.

'Dyn ni yn mynd i ddal un cry.

'Dyn ni ddim yn ofnus –

Dim o gwbwl! 'Dyn ni yn hy.

A-ha! Mwd!

Mwd gludiog, tew.

Allwn ni ddim mynd drosto.

Allwn ni ddim mynd dano.

O na!

Rhaid i ni fynd trwyddo!

Slwtsio, fflatsio!
Slwtsio, fflatsio!
Slwtsio, fflatsio!

'Dyn ni yn mynd i hela arth.

'Dyn ni yn mynd i ddal un cry.

'Dyn ni ddim yn ofnus –

Dim o gwbwl!

'Dyn ni yn hy.

A-ha! Coedwig!

Coedwig dywyll, ddu.

Allwn ni ddim mynd drosti.

Allwn ni ddim mynd dani.

O na!

Rhaid i ni fynd trwyddi!

Baglu maglu!
Baglu maglu!
Baglu maglu!

'Dyn ni yn mynd i hela arth.

'Dyn ni yn mynd i ddal un cry.

'Dyn ni ddim yn ofnus –

Dim o gwbwl! 'Dyn ni yn hy.

A-ha! Storm o eira!

Storm o eira sydyn, gas.

Allwn ni ddim mynd drosti.

Allwn ni ddim mynd dani.

O na!

Rhaid i ni fynd trwyddi!

Hww, Whww!
Hww, Whww!
Hww, Whww!

'Dyn ni yn mynd i hela arth.

'Dyn ni yn mynd i ddal un cry.

'Dyn ni ddim yn ofnus –

Dim o gwbwl! 'Dyn ni yn hy.

A-ha! Ogof!

Ogof dywyll, gul.

Allwn ni ddim mynd drosti.

Allwn ni ddim mynd dani.

O na!

Rhaid i ni fynd trwyddi!

Blaenau traed!

Blaenau traed!

Blaenau traed!

BETH YN Y BYD?

Un trwyn disglair, gwlyb!

Dwy glust flewog, fawr!

Dau lygad llawn!

O NA! ARTH!!!!

Dewch! Yn ôl trwy'r ogof! Blaenau traed! Blaenau traed! Blaenau traed!

Yn ôl trwy'r storm o eira! Hwwww Whwwww! Hwwww Whwwww!

Yn ôl trwy'r goedwig! Baglu maglu! Baglu maglu!

Yn ôl trwy'r mwd! Slwtsio, fflatsio! Slwtsio, fflatsio!

Yn ôl trwy'r afon! Splash Splosh! Splash Splosh! Splash Splosh!

Yn ôl trwy'r gwair! Swishi swashi! Swishi swashi! Swishi swashi!

At ddrws ein tŷ.

Agor y drws.

I fyny'r grisiau.

O na!

'Dyn ni heb gau'r drws.

Yn ôl i lawr y grisiau.

Cau'r drws.

Yn ôl i fyny'r grisiau.

I'r llofft.

I'r gwely.

Dan y dillad.

'Dyn ni ddim yn

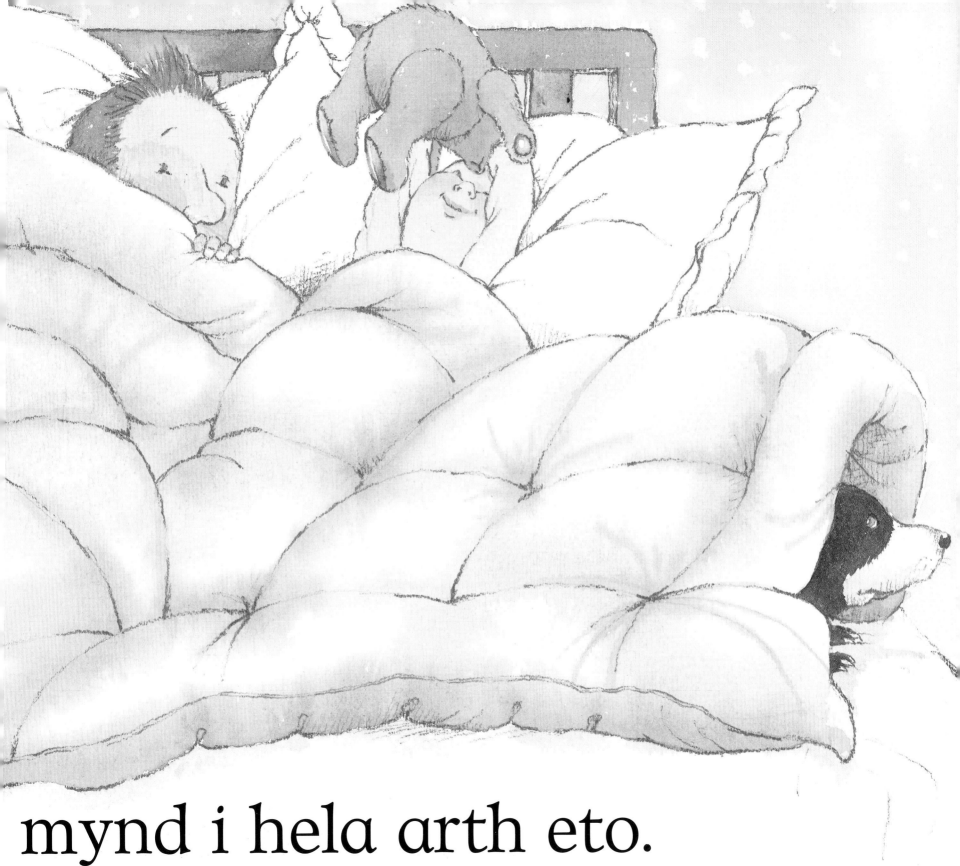

mynd i hela arth eto.